길을 탐하다

Camino Mozárabe

조 민 영 에 세 이

길을 탐하다
ⓒ 2024. 조민영. All rights reserved.

발행일 2024년 2월 10일
지은이 조민영

발행처 인디펍
발행인 민승원
출판등록 2019년 1월 28일 제2019-8호
전자우편 cs@indiepub.kr
대표전화 070-8848-8004
팩스 0303-3444-7982

정가 12,000원
ISBN 979-11-6756-476-4 (03810)

차 례

들어가며

들어가며

2009년 제주 올레를 시작으로

2013년 프랑스 길(Camino Francés)

2016년 은의 길(Via de la Plata)

2019년 시코쿠 순례길(오헨로미치) 일부와

모사라베 길(Camino Mozárabe)

2023년 포르투갈 길(Camino Portugués)을

걸었다.

걷고

기도하고

먹고

쉬며

마음을 채워가던 날의 이야기를

차근차근 꺼내보려 한다.

2019년 모사라베 길의 이야기부터 시작하려 한다.

다음은 언제가 될지 잘 모르겠다.

모사라베 길

(Camino Mozárabe)

모사라베(Mozárabe)는 중세 이슬람 왕조의 지배 아래 있던 이베리아반도(스페인/포르투갈)에 거주하며 개종하지 않은 그리스도교인을 말한다.

모사라베 길의 출발지는 알메리아(Almeria), 그라나다(Granada), 코르도바(Córdoba), 말라가(Málaga), 하엔(Jaén) 등이 있다. 대부분의 길들은 바에나(Baena)에서 만나게 되고, 메리다(Mérida) 이후 은의 길(Via de la Plata)로 이어진다.

알메리아에서 메리다까지의 거리는 615.7km, 메리다에서 산티아고(Santiago de Compostela)까지의 거리는 768.1km, 알메리아에서 산티아고까지의 총거리는 1383.8km에 이른다.

SPAIN MAP

북대서양
(NORTH ATLANTIC OCEAN)

B⸱
(Ba

아스투리아스
(ASTURIAS)

오비에도
(Oviedo)

묵시아
(Muxia)

산티아고
(Santiago)

갈리시아
(GALICIA)

오우렌세
(Ourense)

레온
(Leon)

카스티야
(CASTILLA

살라망카
(Salamanca)

포르투갈
(PORTUGAL)

에스트레마두라
(EXTREMADURA)

메리다
(Merida)

코르도⸱
(Cordob

세빌
(Seville)

말라
(Mala

지브롤터 해협
(Strait of Gibraltar)

카나리아 제도
(ISLAS CANARIAS)

14

여행자의 일기

여행자의 일기

10월 7일

(Seoul)

길을 떠나는 아침

비가 온다.

여행을 떠나는 날 비가 오는 것은 오늘이 처음인 듯 싶다.

오빠의 배웅을 받으며 공항으로 향했다.

수속을 마치니 탑승시간이 얼마 남지 않았다.

부모님께 전화를 했다.

아빠의 걱정 어린 인사

엄마의 사랑한다는 말에

자꾸 눈물이 차올라 겨우 인사를 끝냈다.

그렇다.

나는 내가 사랑하는, 나를 사랑하는 이들과

가까운 곳에 살고 싶다.

바쁜 마음으로 고마운 사람들에게 인사를 하며 생각했다.

'외로움은 고마움을 달고 온다.'

천일의 시간을 견뎌 허락되는 90일

기도와 그리움이 켜켜이 쌓인 길 위에

다시 설 수 있는 시간

축복이다.

10월 9일

(Almeria)

어제 출발지 알메리아에 도착했다. 많은 이들의 도움으로 순례 준비를 마쳤다.

오늘 하루는 여행자.

바닷가와 알카사바에 가야겠다고 생각했다. 대성당을 기준으로 15분 정도 걸어가니 바다가 보이기 시작했다. 요트도 있고 사람들도 제법 있었다. 지금 보고 있는 바다가 지중해라니 기분이 묘했다.

해변 끝까지 걸어보았다. 태양도 점점 뜨거워지고 바닷가에 사람도 점점 많아지는 걸 보고 있노라니 일행이 있었다면 해수욕도 하고 좋았겠다 싶은 생각이 들었다.

해변가 아무 카페에 들어가 앉으려 했는데 그것도 쉽게 되지가 않았다. 한참을 여기저기 서성이고 망설이다 한 카페에 들어가 앉았다. 오렌지주스와 라자냐를 시키고 인터넷이 잘 안되어 로밍센터에 전화해서 해결했다.

로밍센터는 24시간 언제나 통화가 가능하다. 상담원에게는 미안하지만 매일 로밍센터에 전화해 우리말로 이야기하는 것이 참 좋다.

아무튼 음식이 나와 천천히 먹는데 무슨 맛인지도 잘 모르겠고 맛있다는 생각도 들지 않았다. 식탐 있는 나는 어디로 사라지고 지금은 내가 아닌 것 같았다. 그렇게 한참 앉아 바다를 바라보고 이제 대서양을 보러 가야겠다는 생각을 했다. 걷다 보면 끝나는 날도 오겠지.

그때는 이 마음, 이 긴장이 생각이나 나려나….

한층 뜨거워진 한낮, 숙소에서 쉬어야 할 것 같아 돌아왔다. 돌아오는 길에 슈퍼마켓에 들려 내일 필요한 음식을 사고, 숙소에 도착해 빨래를 하고 조금 쉬었다.

오후 4시쯤 알카사바에 올라갔다. 원래는 입장료가 있지만 공사 중이라 그런지 무료였다. 전쟁과 관련이 있는 성터, 지금은 유적이자 문화재, 알카사바에 오르니 오전에 갔던 바다가 한눈에 내려다보였다. 관광객도 꽤 있고 제집처럼 쉬고 있는 고양이들도 있었다.

사진을 찍으며 한 바퀴 둘러보니 한 시간이 훌쩍 지났다. 너무 뜨거워 땀이 뚝뚝 떨어지는 걸 보니 걷기에 만만치 않은 날씨가 되겠구나 싶었다.

다시 숙소로 돌아와 엽서를 쓰고 빨래를 챙기고 대성당 미사에 참례했다. 미사를 마치고 이틀 동안 나를 챙겨주시던 할머니께 내일 떠난다는 말씀과 함께 감사 인사를 드렸다. 스페인어가 짧아 무척 아쉬운 마음이었다. 숙소 앞까지 배웅해 주신 할머니는 나의 여정을 축복해주시며 따뜻하게 안아주시는 것으로 작별 인사를 대신했다.

어제 같은 방을 썼던 여자애는 체크아웃을 했고 오늘은 새로운 두 남자와 한방을 쓰게 되었다. 스페인 사람과 이태리 사람. 내일부터 까미노를 걷는다 하니 이태리 사람이 예전에 북쪽 길을 걸었다며 순례자 여권을 보여주었다. 까미노 모사라베는 처음 들어본다며 흥미롭게 생각하며 응원을 해주었다. 맥주를 사 왔다고 함께 한잔하자 했는데 내일 아침 출발을 생각하니 마음이 내키지 않아 거절했다. 고맙고 미안했다.

이제 오늘 밤이 지나면 순례자가 될 시간이다.

순례자의 일기

순례자의 일기

길을 걷는 이유 1

잘 모르겠지만 그저 가고 싶다고 생각했다.

그렇게 막연했다.

이유는 다녀오고 나서도

한참이 지난 후에 알게 되었다.

처음엔 살기 위해 걸었던 것이다.

나는 그때 벼랑 끝에 서 있는 것 같았는데

정작 그런 나를 들여다보지 못했고

진심으로 나를 마주하지 못했던 것이다.

걸으며 움켜쥔 것들을 내려놓고 나니

내가 보였던 것이다.

부질없는 관계를 이어가기 위해 애쓰고

기대지 않기 위해 힘써 버티던

초라해진 나를 들키지 않으려 했던

그런 내가 살아야겠다는 마음으로

길 위에 섰던 것이다.

길 위에서

깊고 얕은 무수한 만남과 헤어짐을 통해

외로움을 견디고

때로는 누군가에게 기대고

쓸데없는 관계에 집착하지 않는 법을

배웠던 것 같다.

두 번째 길 위에 설 때도 조금 아팠다.

아프고 힘들어도 나는 습관처럼 괜찮다고 말했지만

전혀 괜찮지 않았다.

그때,

거기 두고 온 나의 마음이 나를 불러주었던 것 같다.

이제 세 번째 길 위의 여정을 기다리고 있다.

길고 외로운 길이 될 것이기에 많은 고민이 있었다.

걸었던 길을 다시 걸을까 수도 없이 생각했다.

하지만 언제부터인지

세 번째는 꼭 이 길을 걷게 될 것 같았다.

이미 도움의 손길을 만났다는 것에서

이번에 선택한 길 역시 나를 불렀다는 확신이 생겼다.

그곳에는 또 어떤 만남과 헤어짐이 기다리고 있을까?

나를 부른 마음과 길은 무슨 이야기를 들려줄까?

쉽지 않은 길이라는 것을 알고 있다.

천천히 걸어나가야겠다.

10월 10일

(Almeria-Santa fe de Mondujar, 24.5km)

아침 일찍 눈이 떠져 어제 대충 챙겨둔 짐을 마저 챙겼다.

배낭이 왜 이리 무거운지… 그래도 잘 쉬었고 이틀 동안 배낭

에서 자유로웠으니 괜찮다.

8시. 호스트의 배웅을 받으며 대성당 앞으로 갔다. 잠깐 묵도하고 걷기 시작했다. 차근차근 화살표를 따라 걸었다. 표시가 꽤 잘 되어 있어 헤매지 않고 도시를 벗어났다. 알메리아에 있는 산티아고 성당에 들리지 못한 것이 조금 아쉬웠다.

한 시간 정도 걸으니 발바닥이 뜨거워졌다. 안달루시아의 해는 금세 떠올라 대지를 데웠다. 바(Bar)에 들려 카페 콘 레체(Café con leche) 한 잔을 마시며 땀을 식혔다.

다시 출발해 마을을 거의 벗어난 지점에서 지나가던 자동차가 멈추더니 산티아고에 가냐면서 과일을 주겠다고 하셨다. 괜찮다고 말씀드렸으나 한사코 차에서 내리시더니 트렁크를 열고 과일을 골라보라고 하셨다.

토마토 하나를 집어 들었더니 자두 두 알을 더 집어주시며 걸으면서 먹으면 배가 부를 거라고 몸짓으로 말씀해 주시고 가셨다. 생각하니 참 감사한 순간이었다.

과일은 걸으면서 정말 큰 힘이 되었다. 아무래도 프랑스 길처럼 마을이 촘촘하지 않다 보니 휴식을 취하는 것도 허기를 채우는 것도 생각보다 어려웠다.

10km 지점쯤 갔을까? 마을이 나왔고 중심가를 지나 바처럼 보이는 곳으로 들어가니 그곳은 그냥 작은 동네 슈퍼마켓. 여러 아주머니 중 한 분이 오셔서 화장실을 찾느냐고 물어보셔서 그렇다고 했더니 당신 집으로 데려가셨다. 화장실에 다녀오니 필요한 것 있느냐고 물으시고는 커다란 포도 한 송이를 씻어서 봉지에 넣어주셨다.

이렇게 곳곳에서 응원의 손길을 만나니 바짝 긴장했던 마음이 살짝 녹아내렸다.

다음 마을까지는 5km 정도 더 가면 되었다. 거기서 하루 쉬어갈지 더 걸어갈지 정하기로 하고 걸음을 재촉했다. 바짝 마른 강을 가로지르는 길은 온통 자갈밭이라 걸어가는 게 쉽지 않았다.

마을에 도착하니 12시 30분. 첫날이니 여기서 하루 쉬어가는 게 여러모로 적당하긴 한데 너무 일찍 끝내는 것 같아 다음 마을까지 가기로 했다.

3km를 더 가면 또 마을이 있다고 되어 있어 그 정도는 더 가도 괜찮을 것 같았다.

하지만 그 마을은 경로에 있는 마을이 아니었다. 오늘 이렇게 많이 걸을 생각은 없었는데 할 수 없이 5km를 더 걸어야만 오늘의 최종 목적지 마을에 도착할 수 있게 되었다.

목적지에 도착하기 한 시간 전쯤 고비가 찾아왔다. 해는 점점 뜨거워지고 그늘도 없고 바람도 없고… 걸으면서 머리가 핑핑 돌고 길이 함께 걷고 있는 것 같은 착각이 일었다.

아득하게 멀리 마을이 보였다. 설마 저기는 아니겠지 생각했는데 바로 그곳이 목적지 마을. 정말 마지막 힘까지 탈탈 털어 숙소에 도착했다. 숙소 봉사자는 다른 순례자가 오지 않는다면 오늘 이 숙소의 순례자는 나 하나라고 했다. 이런 날이 지속되리라는 것을 이때는 미처 알지 못했다.

잠시 쉬었다 바에 가서 맥주를 마셨다. 피로와 갈증이 사라지는 시간.

쉽지 않은 길이지만 지금 나에게 허락된 길이고, 길 위의 감사함으로 나를 채우고 버리고 가꾸는 일이 될 것이기에 나의 속도대로 걸어가자 다짐하는 저녁이었다.

하루하루

잘 걸어가고 있습니다.

그날그날

예정한 마을에

무사히 도착하는 것만으로도

감사한 날들입니다.

10월 13일

(Alboloduy-Abla, 28.6km)

아침 6시. 간단한 식사를 하고 숙소를 정리하고 배낭 정리도 했다. 또다시 찾아오는 긴장감에 화장실을 여러 번 다녀왔다.

오늘은 고도를 높여가야 하기에 조금 일찍 나섰다. 그래도 날이 밝아서 출발하기에 무리는 없었다. 마을을 벗어나자 바로 산으로 이어졌다.

아침에 힘이 있을 때 부지런히 가야지 싶어 잠깐씩 사진만 찍고 발걸음을 재촉했다. 8km 구간은 산을 넘어가야 하는데 중간에 마을이나 바는 없다. 급경사 구간도 간간이 섞여있다.

광활한 자연을 다시 한번 느끼는 순간이었다. 대자연을 바라보니 내 소중한 사람들도 생각나고 함께 느낄 수 있는 누군가가 있었으면 좋겠다는 생각이 자연스레 따라왔다.

10시 조금 넘어 마을에 도착했다. 여기서부터는 4km마다 마을이 있으니 마음이 한결 편해졌다.

오늘 목적지까지 8km만 더 가면 된다고 생각하니 발걸음도 가벼웠다. 걷는 중에 마을을 만나기는 하였으나 경로에서 벗어나 바에 들려야 하는 마을이라 다음 마을에서 쉬기로 하고 그냥 지나쳤다.

계속 바짝 마른 강 옆길을 따라 걷는데 옆으로 오렌지 농장과 올리브 농장이 이어졌다. 오렌지 꽃향기가 참 좋았다.

다시 마을을 만났지만 힘들지 않은 것 같아 그냥 걸었다. 괜찮아도 조금씩 쉬어가는 습관을 들여야 하는데 그렇게 되지가 않았다. 이번 까미노에서는 8km를 걸은 후에 쉬는 시간을 가져야겠다고 생각했다. 한 시간 정도 더 걸으면 목적지 마을인데 역시나 고비가 찾아왔다. 아침에 산을 넘어왔다는 사실을 떠올렸다.

괜찮더라도 쉬어왔어야 하는데 사람 참 안 바뀐다.

길을 걷는 이유 2

매일 왜 걷고 있는지 생각한다.

기도하는 시간이며

나를 알아가는 시간이다.

마음에 가득 차오르던 이유를 모르는 분함과 미움이

걷다 보면 녹아내리는 것을 느낀다.

용서와 화해의 시간이기도 한 것이다.

일상에서는 잘 안되는 것들이 길 위에서는

조금 더 자연스럽게 이루어진다.

또 흐릿해져 가던 나 자신도 다시금 선명해져 오는 시간이다.

나는 외롭고 그리운 사람이다.

혼자 떠나는 여행은

이번이 마지막이면 좋겠다는 생각을 수도 없이 하게 된다.

소중한 사람들과 부대끼며 사는 내 삶이

얼마나 즐겁고 의미 있는 일이며

무한한 안정을 가져다주는지

새기고 또 새긴다.

돌아가면 엄마를 보러 가야지.

사랑하는 사람들이 살고 있는 나의 집으로.

10월 15일

(Alquife-Guadix, 24.3km)

길을 잃은 나에게 위로가 되어준

강아지와 무지개

10월 18일

(La peza-Quentar, 27.5km)

두 시간을 쉼 없이 걷다 입이 마르고 다리가 무거워질 때 마을을 만났다. 배를 채우고 가야겠다 싶어서 바를 찾는데 오던 길을 되돌아가야 했다. 지나치면 5km를 더 걸어야 하니 바를 찾아 올라갔다.

한국에선 보통 12시에 점심을 먹지만 여기는 2시에 점심을 먹는다.

식사는 안될 것 같아 타파(Tapas)가 되는지 물어보고 카르네 콘 살사(Carne con salsa)가 있어서 시켜보았다. 계속 입이 깔깔하여 매콤한 음식을 먹고 싶었다. 작은 한 접시가 나왔는데 매콤한 고기 조림이라는 표현이 좋겠다.

엄마의 맛!

오랜만에 입맛이 돌고 밥이랑 먹으면 진짜 딱 맛있겠다고 생각했다. 먹다 보니 한 접시는 모자랐다. 한 접시를 더 시키고 오렌지주스도 추가했다. 생오렌지를 갈아주시니 정말 맛있었다.

내가 너무 맛있게 먹어 그런가 주인아주머니께서 참치샐러드를 서비스로 주셨다.

"Muchas gracias!"

때때로 이렇게 길 위에서 엄마 밥 같은 음식을 만나면 마음이 따뜻해진다. 위로받는 순간인 것이다. 몸과 마음을 채우고 다시 길을 나섰다.

바 주인 부부의 응원을 받으며!

아침 기도로 시작하는 하루

걸음이 빨라졌다 느려졌다를 반복하며

생각이 많아졌다 없어졌다를 반복하며

이틀이면 시에라 네바다 산맥을 벗어난다.

어떤 사람인지 가려져있던 내가

조금은 분명하게 다가온다.

그래… 나는 외로운 사람이지.

보고 싶은 나의 소중한 사람들 곁에

오래 머물고 싶은 사람이지.

10월 19일

(Quentar)

28km 구간 아무 것도 없는 길

오직 시에라 네바다 산맥을 따라 걷는 길

그 길의 끝에서 만난 마을과 숙소

그래

하루쯤 쉬어서 가자.

10월 20일

(Quentar-Granada, 17.6km)

그라나다에 도착했다.

200km를 걸어왔다.

늘 불안과 두려움이 따라다녔다.

아무도 없어서 혹은 누군가 있어서.

열흘을 걷고 나니 조금 누긋해진다.

대도시가 주는 안정감과 혼란함

그 어딘가에 내가 있다.

10월 23일

(Pinos puente-Moclin, 14.2km)

그라나다를 지나며

그간 곤두섰던 마음도 누그러지고

혼자 걷는 일도 차차 일상처럼 다가온다.

코르도바를 향해 가고 있다.

오늘 머무는 마을은 모클린 성 아래.

4km의 급경사 오르막을 정신없이 오르니

성이 보이기 시작한다.

때로 쉼 없이

때로 평탄하게

때로 오르고 내리며

길을 잃기도 하고 도움을 받기도 하며

마음을 나누고 생각을 단정히 해가며

하루하루 그렇게 가는 것이다.

오롯이 나의 길을 가는 것이다.

10월 25일

(Alcala la real-Alcaudete, 23.3km)

길을 걸을 때는 아주 사소한 일도

감사함으로 다가온다.

해가 쨍할 때는 날이 좋아서

날이 흐릴 때는 걸을 때 덥지 않아서

아침에 일어나 아픈 데 없이 걸을 수 있어서

목적지에 잘 도착할 수 있어서 늘 감사하다.

자동차 운전자들

농장에서 일하는 이들

바의 주인과 손님들

동네 산책 나온 마을 사람들의

따뜻한 눈길과 응원에 한 번 더 웃어본다.

10월 27일

(Baena-Castro del rio, 20km)

어제도 오늘도

걸으며 중간에 쉬어갈 마을이 없다.

끝없는 올리브 농장 사이로 길이 이어진다.

가끔 만나는 도로는 때때로 위험하게 느껴진다.

도로 위 과일과 음료를 파는 트럭 옆 그늘에 배낭을 내리고

땅바닥에 털썩 앉으니 아저씨께서

간이의자를 가져오시더니 앉으라며 내주셨다.

그늘 아래 의자에 앉아 쌩쌩 달리는

도로 위 차들을 구경하며 마시는 음료수 한 캔

여기가 나의 오아시스!

10월 28일

(Castro del rio-Santa Cruz, 22.1km)

이 길 위에서 처음

다른 순례자를 만났다.

덴마크 할아버지 스티키

그 역시 알메리아부터 걸어왔다고 했다.

이번에는 코르도바까지 걷는다고.

7번째 까미노라고 했다.

고요함이 좋아서

자신만의 시간이 좋아서

길 위의 만남이 좋아서

그는 걷고 또 걷는 것 같았다.

걸어 본 사람은 안다.

앞서가는 순례자의 뒷모습이

뒤에 걸어오는 순례자가 있다는 것이

얼마나 큰 위로와 위안이 되는지.

오늘

그와 함께 걸은 한 시간 남짓은

두고두고 기억에 남을 것이다.

뒷모습이 주는 위로와 위안

11월 5일

(Cabra)

카브라에서의 마지막 밤이다.

길 위의 인연으로 카브라에서 일주일을 머물렀다.

때로 아빠·엄마 같았고, 때로 친구 같았던

필라(Pilar)와 하이메(Jaime)

그들의 삶 속에 살며시 들어가

가족들의 환대를 원 없이 누렸다.

함께 식사를 하고

대화를 나누고

산책을 하며

일상처럼 보낸 소중한 시간.

눈물이 날 것 같다.

고맙고 따뜻해서… 헤어짐이 아쉬워서….

겪어도 겪어도 모든 것이 어렵다.

마음을 채웠으니

다시 순례자로 돌아갈 시간.

보고픈 스페인 가족들

Camino Mozárabe
a
Santiago 998 kms.

다시 걷기 시작했습니다.

길 위에서 매일 생각합니다.
내 삶 속에 당신들이 있다는 게
얼마나 감사한 일인지….

보고 싶은 이들이 있다는 것
함께 마음을 나눌 이들이 있다는 것
일상 속에 있어주어 고맙습니다.

당신들을 통해
내가 얼마나 축복받은 사람인지
깊이 새기며 걷고 있습니다.

11월 10일

(Alcaracejos-Hinojosa del Duque, 22km)

여느 날처럼 혼자인 숙소에서 일어나

너무 조용한 것 같아 음악을 틀고 간단히 아침을 먹었다.

갑자기 눈물이 왈칵 쏟아졌다.

늘 기도하며 걷고 있지만 힘든 것은 어쩔 수 없나 보다.

긴장하고 또 긴장하고

하루에도 심호흡을 몇 번씩 하게 된다.

코르도바를 떠나온 지 일주일도 지나지 않았는데

헛헛함을 달랠 길이 없다.

한참 울어버렸다.

"힘들어요… 너무 힘들어요…."

마음에 얹혀있던 말이 밖으로 나왔다.

얼마나 지났을까?

어느 정도 진정이 되어 자리를 털고 일어났다.

배낭을 꾸리고 알베르게도 한 번 더 둘러보고 길을 나섰다.

어제는 바람이 매섭게 불어대더니

오늘은 잔잔하다.

곧 해도 따뜻하게 떠오를 것이다.

힘든 날 위로가 되는 날씨에 감사함이 차오른다.

길도 그리 힘들지 않아 천천히 걸었다.

쉬려고 생각해두었던 마을에 도착했다.

바는 경로에서 약간 벗어나 있지만 여기를 지나치면

마을이 없으니 쉬어가야 한다.

바에 들어가 카페 콘 레체와 토스트를 먹으며 한참 쉬었다.

다시 출발할 채비를 하고 뒤를 돌았는데

순례자 두 분이 앉아계셨다.

정신을 어디에 두고 있었는지 이제서야 알았다.

밀려오는 반가움에 인사를 나누었다.

스페인 할아버지 후안(Juan),

프랑스 할아버지 호르헤(Georges).

걸어오며 이미 나에 대한 이야기를 들었고

멀리에서 나를 보았다고 하셨다.

'혼자 걷고 있는 한국인 여자애'

이 길에서 나를 설명하는 한 줄.

일단 오늘은 목적지가 같으니 먼저 출발했다.

걸음이 빠르신 분들이니 길에서 금방 다시 만날 것이다.

어제 알베르게에 혼자였고 그제도 아무도 못 만났는데….

드디어 일행을 만난 것이다.

한동안 이분들과 함께 걷게 될 것 같다.

눈물에 대한 응답인가 보다.

11월 13일

(Castuera-Campanario, 22km)

함께 걷는 이들로 길이 채워지고

셋이 걷는 모습을 담아보고

숙소를 찾고

밥을 먹고

햇빛이 좋은 날 빨래를 말리고

신발을 널고

그냥 이런 소소함이 좋다.

나는 길 위에서

대단한 이벤트를 바란 것이 아니다.

지금이 좋다.

11월 15일

(Mérida)

긴 여정 중 일부가 마무리되었다.

까미노 모사라베

많이 웃고 울고 그리워하고

배우고 느끼고 기도하며 걸은 길.

힘들 때면 어김없이 나타난 도움의 손길들.

어떻게 감사의 마음을 전할 수 있을까….

혼자가 아니라 여기까지 왔다.

마지막 일주일

가장 힘든 일정을 함께한 나의 두 할아버지

후안과 호르헤

정말 고마워요!

까미노 모사라베는 지독한 외로움을 견디는 길이었다.

불쑥불쑥 차오르는 눈물을 훔치고

주저앉고 싶은 마음을 일으켜 세워가며

따뜻한 날씨에 위로받고

지나는 사람들의 인사와 손짓에 마음을 다독이고….

몸이 아프거나 마음이 아프거나를 반복하며

한없이 낮아지고 아주 작은 것에도

감사한 마음이 드는 그런 길.

포기하지 않도록 돌봐주는 손길들이 있었기에

여기까지 올 수 있었다.

아버지 같은 두 순례자에게 의지하며

두 사람도 나와 같은 마음으로 걸어오고 있었다는 것을

느끼며, 우리는 서로에게 소중한 인연이 되었다.

곧 헤어짐의 시간이 올 것이다.

우리는 장난도 치고 거리낌 없이 함께 사진도 찍게 되었는데….

항상 어려운 일

울지 말고 웃으며 안녕하기.

11월 24일

(Ourense-Cea, 23km)

갈리시아 지방으로 들어왔다.

역시 우기.

산티아고에 가는 날까지 비를 만날 것이다.

그리고 오늘처럼

된장국 같은 깔도가예고(Caldo gallego)를 먹을 것이다.

기다리지 말고

기대하지 말고

천천히 나의 길을 걸어갈 것.

11월 27일

(Bandeira-Santiago de Compostela, 34.5km)

도무지 끝날 것 같지 않았던 길.

무너지고 일어나기를 반복하며

비워내고 내려놓으며

때로 여전한 내 모습을 끊임없이 확인해가며

작은 것에 기뻐하고 감사하는 마음을

채워가며 새겨가며 여기까지 왔다.

어느 즈음엔

똑같은 일상으로 돌아가겠지만

이 길 위의 날들이

문득문득 날아들 것이다.

12월 1일

(Muxia)

산티아고를 지나

묵시아에 도착해 3일 정도 머물렀다.

이곳에서 느낀 따뜻함이 좋았다.

머무는 내내 생각했다.

일주일, 한 달, 일 년도

여기서 지낼 수 있을 것 같다고.

언젠가 글을 써야 한다면

여기로 오고 싶다고.

도착한 날부터 마지막 날인 오늘까지

긴 외로움을 채우는 시간이었다.

한시도 눈을 뗄 수 없게 아름다웠고 충만했다.

코가 시큰해진다.

헤어지면 또 언제 볼 수 있을까….

해가 뜨고 지는 모습

새초롬하게 떠 있던 달

커다란 무지개가 걸려있는 하늘

날아가는 새

파도 소리

바람 소리

때때로 내리던 비

바다를 바라보고 있는 성당

시간마다 들려오는 종소리

매일 몇 번이고 걷던 길

오며 가며 인사하던 사람들

다정한 알베르게 주인 앙헬

친구같은 오랜 손님 카를로스와 호세

함께 밥을 먹으며 신나게 번역기를 돌린 니콜라

하나하나

눈에 담고

마음에 담고 또 담는다.

더 오래 머물고 싶다.

이 아쉬움이 다시 이곳에 오게 할 것이다.

마치며

마치며

길 위의 날들은

내가 누구인지 생각하는 시간

방황의 이유를 고민하는 시간

두 발로 걸으며 기도드리는 시간

그간 참아온 눈물을 쏟아내는 시간

고독을 견디며 순간순간 찾아오는

행복을 깊이 새기는 시간

소중한 것을 되새기는 시간이다.

나는 언제고 다시 길 위에 설 것이다.